안네 프랑크의 일기

1942년 6월 12일부터 1944년 8월 1일까지의 기록

Journal d'Anne Frank
L'Annexe: notes de journal du 12 juin 1942 au 1er août 1944

by Antoine Ozanam and Nadji
ⓒ Editions Soleil - Ozanam, Nadji 2016 pour l'e´ dition Français
Librement adapte´ d'après Anne Frank 《L'Annexe: notes de journal du 12 juin 1942 au 1er août 1944》
All Rights Reserved
Korean translation ⓒ 2017 by WISDOMHOUSE Inc.
Korean translation rights arranged with Editions Soleil
through Orange Agency

이 책의 한국어판 저작권은 오렌지 에이전시를 통한
Editions Soleil사와의 독점 계약으로 ㈜위즈덤하우스에 있습니다.
저작권법에 의해 한국 내에서 보호를 받는 저작물이므로 무단전재와 복제를 금합니다.

안네 프랑크의 일기
JOURNAL D'ANNE FRANK

1942년 6월 12일부터 1944년 8월 1일까지의 기록

오자낭 글 | 나지 그림 | 김영신 옮김

이 책은 1947년 콘탁스 출판사에서 출간된 초판본
『은신처: 1942년 6월 12일부터 1944년 8월 1일까지의 기록』을
각색해 그래픽 노블로 재구성한 것입니다.

위즈덤하우스

| 작가의 말 |

    안네의 일기를 각색할 때 가장 중요하게 생각한 건 안네의 메시지가 앞으로도 쭉 전해지도록 하는 것이었습니다. 원본을 보지 못한 독자들에게 그녀의 메시지를 전할 수만 있다면, 그것만으로도 이 작업의 의미는 충분할 테니까요. 그래픽 노블로 재탄생시킨 『안네 프랑크의 일기』가 새로운 독자들과 만날 수만 있다면, 더 바랄 것이 없고요.

    독자의 마음을 사로잡으려면 원본에 충실하고, 반복을 회피하고, 글에 내포된 감정을 제대로 읽어 내어 바르게 옮겨야 할 것입니다. 한마디로 내 스스로 얽매임이 없어야 하는 것이지요. 원본을 각색하고 축약하면서, 안네가 표현하지 않은 것들까지 고스란히 담아내는 일은 쉽지 않았습니다. 안네의 글이 의미하는 소중한 메시지를 확실하게 전달하는 일은 더더욱 쉽지 않았고요. 그래서 생각했습니다. 안네가 나의 할머니일 수도 있다고요. 하지만 그녀의 일기를 읽으면서 오히려 내 딸 혹은 내 누이와 비슷하다는 생각이 들었습니다.

    물론 안네의 일기는 나치 치하의 잔혹한 역사에 대한 가슴 아픈 증언이지만, 한편으로는 인생의 긍정적인 면에 더욱 집중하게 하는 글이기도 합니다. 또한 사춘기에 접어든 아이나 머지않아 사춘기를 맞게 될 아이들은 시대와 상관없이 누구나 공감할 수 있는 글이기도 하고요. 나는 안네의 일기 덕분에 할머니와 가까워졌습니다. 지금은 진지하고 현명한 어른인 할머니 또한 한때는 장난기 가득하고, 삶에 대한 열정이 넘쳐 나는 소녀였다는 것을 알게 되었으니까요.

    글을 쓰면서 중요하게 생각한 것은 균형을 잡는 것이었습니다. 청소년기에 접어든 안네와 시대적 상황으로 숨어 지내야 하는 안네, 순간순간 느끼게 되는 기쁨과 그 기쁨을 바로 드러낼 수 없는 아픔, 내가 아는 역사적 순간을 다 말해야 하는가 아니면 물러서야 하는가 하는 것들 사이에서 말이지요. 하지만 무엇보다 중요한 것은 안네의 입장이 되는 것이었습니다.

    안네는 그녀가 쓴 글이 자신이 죽은 뒤에도 그녀를 계속 살게 할 것이라고 말했습니다. 이 책이 그녀의 순수한 소원을 이루는 데 기여하길 바랍니다.

앙뜨완느 오자낭

* **린틴틴** 1920년대 미국 헐리우드에서 영화 배우로 활약했던 셰퍼드 종의 개 이름

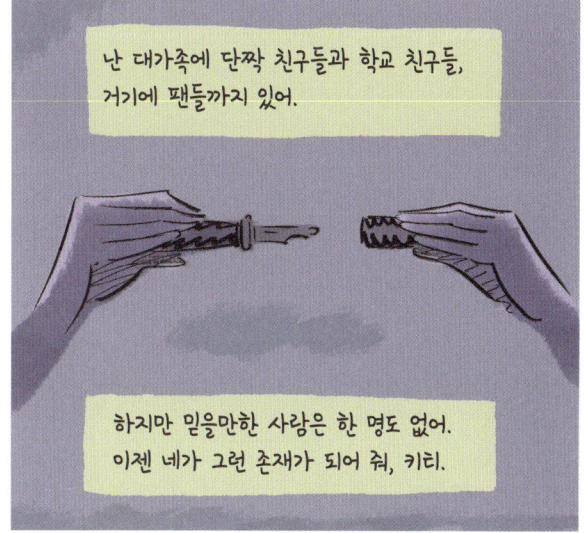

키티, 나에 대해 좀 더 알고 싶지 않니?
우선 아빠에 대해 이야기해 줄게.

아빠는 서른여섯 살에 엄마와 결혼했어.
그때 엄마는 스물다섯 살이었어.

마고트 언니는 1926년에 독일에서 태어났고,
난 1929년 6월 12일에 태어났어.

우리 가족은 1933년까지 프랑크푸르트에서 살았어.
아빠는 콜른 앤 컴퍼니 회사의 책임자로 부임하면서
네덜란드로 떠났는데, 엄마는 아빠와 함께
지내기 위해 서둘러 네덜란드로 갔고, 언니와 나도
그로부터 몇 달 뒤 네덜란드로 갔어.

난 몬테소리 초등학교를 졸업했어.
지금은 마고트 언니와 같이
유대인 중학교에 다녀.

독일에 사는 친척들은
히틀러의 반유대주의법에 충격을 받았어.
1938년 유대인에 대한 박해가 시작되자,
엄마의 형제들은 이를 피해 북아메리카로 떠났어.

할머니는 우리 집으로 오셨어.
(하지만 올해 1월에 돌아가셨어.)

1940년 5월, 독일이 네덜란드를 점령했어.
우리의 생활도 나빠지기 시작했어.
반유대주의법이 시행됐기 때문이야.

하지만 너희 할아버지와 할머니가 파니랑 계속…

사랑은 억지로 되는 게 아니야.

* **시온주의** 팔레스타인 지역에 유대인 국가를 건설하는 것이 목적인 민족주의 운동

1942년 7월 3일 금요일
어제 해리가 부모님께 인사드리러 왔어.
그는 내일 나를 자기 집으로 초대하고 싶다고 했어.

아니면 엄마 말처럼 그저
내 비위를 맞춰 주는 사람일지도 몰라.

1942년 7월 5일 일요일

금요일에 성적표를 받았어.
엄마 아빠는 늘 건강하고 즐겁게만 지내면
그만이라고 했는데, 내 성적표를 보고는
무척 흡족한 표정을 지으셨어.

나도 성적이 나쁜 것은 별로야.

모든 유대인은 유대인 학교에 다녀야 한다는
발표가 있은 뒤로, 나도 유대인 학교로 옮겼어.
난 엄마 아빠를 실망시키고 싶지 않아.

언니도 성적표를 받았어.
늘 그렇듯 언니의 성적은 최고였어.

최근 들어 아빠가
집에 있는 날이 많아졌어.

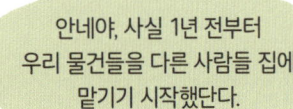

1942년 7월 8일 수요일

안녕, 키티.
마지막으로 글 쓴 지 한참 된 것 같아. 요즘에는 온 세상이 순식간에 무너질 것만 같아.
그렇지만 아빠의 말처럼, 중요한 것은 내가 여전히 살아 있다는 거야.

그날 밤, 미프 씨가 남편과 함께 다시 왔어.

우리와 같은 처지의 유대인들은 짐을 잔뜩 꾸려서 집을 떠날 수 없어.

잠자리에 들 시간이야. 내일은 무척 힘든 날이 될 거야.

내 집에서 편히 자는 마지막 날이라는 것을 알면서도, 난 너무 피곤해서 금세 곯아떨어졌어.

엄마 아빠는 길을 나선 뒤에야
우리가 어디에 숨게 될지 말해 줬어.

몇 달 전부터 엄마 아빠는 이웃들 몰래
옷과 가구들을 옮기기 시작했었대.

원래 계획은
10일 뒤에 떠나는 거였는데,

소환장이 오는 바람에
출발을 서두르게 됐대.

우리 은신처는 아빠의 회사야.
은신처에 대해 좀 더 자세히 알려 줄게.

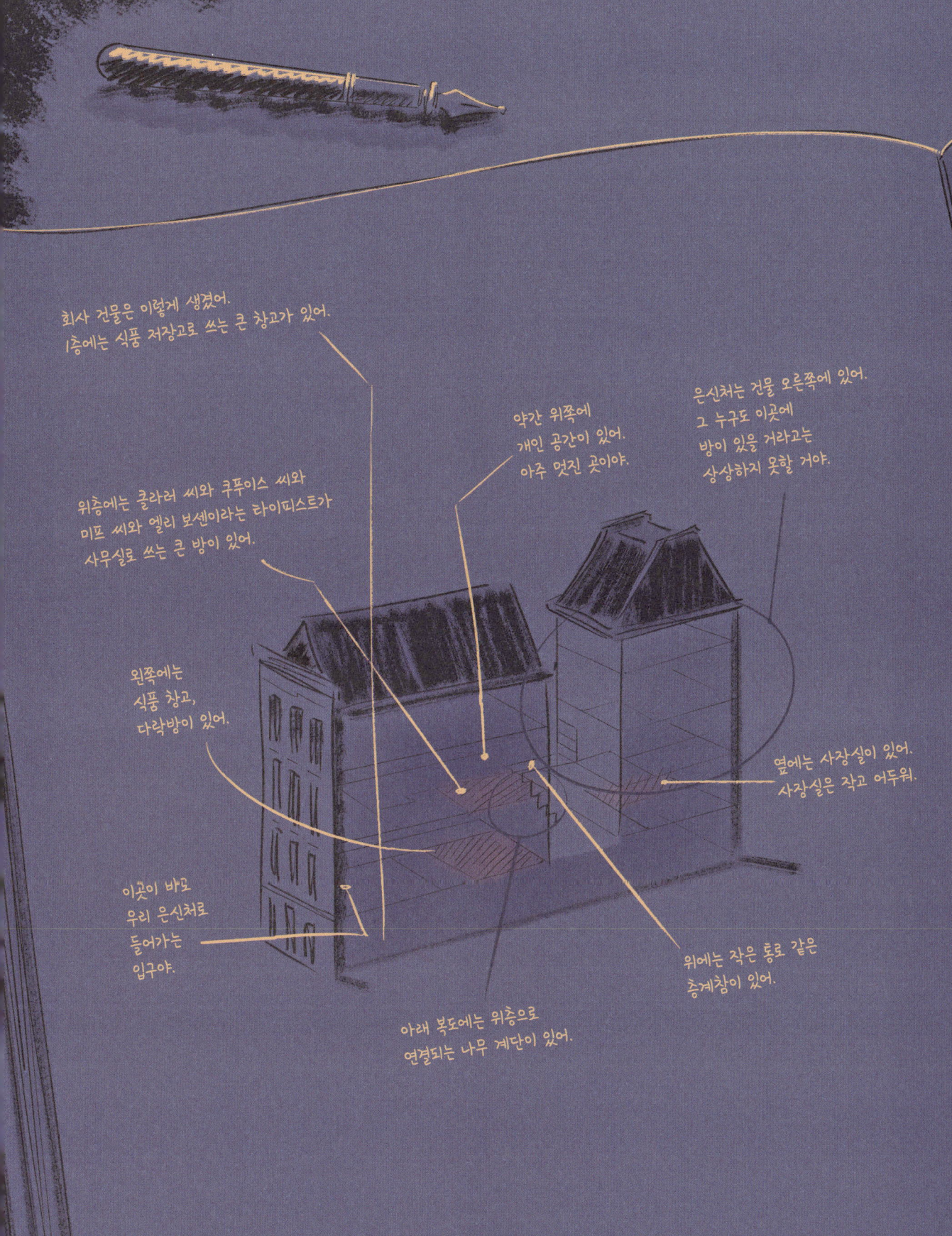

1942년 7월 12일 일요일

모레트가 보고 싶어.

1942년 9월 27일 일요일
오늘도 엄마와 다퉜어.

마고트 언니와도 잘 지내지 못해.
반 단 씨네 가족처럼 큰소리로 싸우지는 않지만
가족과 잘 지내지 못하는 건 슬픈 일이야.

때로는 가족보다 친구들이
날 더 잘 이해해 주는 것 같아.

반 단 씨네 가족도 별로 사이가 좋지 않아.
반 단 씨 부인은 항상 기분이 좋질 않아.
성격도 괴팍하고 늘 다른 사람의 트집을 잡아.

페터는 아마 그런 엄마가 부끄러울 거야.

1942년 9월 28일 월요일
별것도 아닌 하찮은 일로 어른들이 싸우다니!
아이들 싸움과 전혀 다를 게 없어.

이곳에 있는 사람들은 내가 뭘 하든 상관없이
항상 날 비난해. 정말 참기 힘들어.
이건 어떻고, 저건 어떻고….

게다가 난 웃으면서 그들의 충고를 들어야 해.
그건 정말 내 능력 밖의 일이야.
솔직히 문제는 내가 아니고 그들이라고.
조만간 꾹 참았던 분노를 모두 폭발시키고 말 거야!

1942년 9월 29일 화요일
안녕, 키티! 아주 이상한 이야기 하나 해 줄게.
은신처에는 뜨거운 물과 욕조가 없어.
그래서 나무통에 물을 받아서 목욕을 해야 해.
필요한 물은 사무실이나 아래층 복도에서
가져와야 하지.

우리는 저마다 사생활을 지키며 목욕할 수 있는
개인 공간을 가지고 있어.
페터는 유리문이긴 하지만 부엌을 선택했어.
그는 목욕할 때면 자신이 목욕할 것이고,
30분 정도 걸린다고 미리 이야기를 해.

반 단 씨는 꽤 불편한데도
가장 높은 곳을 선택했어.
아빠는 자신의 사무실에서 해.

언니와 난 그 앞쪽 사무실에서 해.

토요일마다 커튼을 치고, 어둠 속에서 목욕을 해.

한 사람이 목욕하는 동안 다른 한 사람은 커튼 뒤에 몸을 숨기고 창밖을 바라봐.

평소 우리는 종일 소곤소곤 이야기해야 해.
게다가 수요일에는 훨씬 더 목소리를 낮춰야만 해.

수요일에는 배관공이 겨울철 수도관 결빙 예방을 위해
화장실의 수도관들을 바꾸러 오기 때문이야.

그날은 온종일 화장실을 사용할 수 없고,
물도 쓰면 안 돼.

오줌 마려워.

받아!

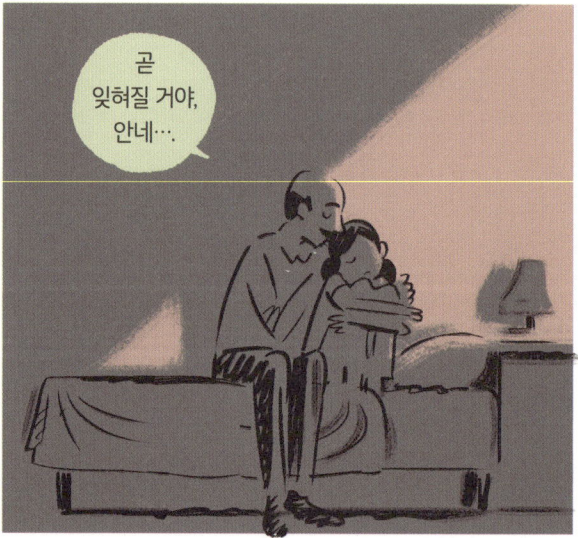

그렇게 나라 전체가 공포에 휩싸였어.
엘리의 남자 친구도 독일로 강제 징집됐어.
사람들은 더 이상 유대인들을 돕지 않아.
그랬다가는 무서운 형벌을 받게 되거든.
게다가 독일인들을 방해하면 더 끔찍한 형벌을 받게 돼.
체포되는 사람들은 힘없고 죄 없는 사람들이야.
얼마 전에는 독일군에 맞서 싸운 한 사람을 잡기 위해,
인질 다섯 명이 총살됐어.

얼마 전에 성인 책을 읽어도 된다고 허락 받았어.
그래서 니코 반 슈레렌의 『에바의 유년 시절』을 읽고 있는데
성인 책과 어린이 책이 무슨 차이가 있는지 모르겠어.
책에는 몸을 파는 여자에 대한 이야기도 나와.

나중에 여주인공 에바는 생리를 해.
생리를 하면 어떤 변화가 생길지 궁금해.
나도 곧 생리를 할 거라 불안하기도 하고.
요즘에는 모두 나에게 엄청 배려를 해 준다는 느낌이 들어.

* **오랑** 북아프리카 알제리의 항구 도시 * **튀니스** 북아프리카 튀니지의 수도 * **알제** 북아프리카 알제리의 도시 * **카사블랑카** 북아프리카 모로코의 도시

은신처 안내서

유대인들과 조력자들이 임시로 거주할 수 있게 개조한 건물로 연중무휴이다.

- 위치: 암스테르담 중심부
- 환경: 아름답고 조용하고 숲이 우거져 있으며, 가까운 곳에 사는 이웃 없음
- 교통: 13번과 17번 전차로 접근 가능
  : 자동차나 자전거로도 접근 가능
  : 독일 당국이 대중교통을 금지할 경우 도보로도 접근 가능

- 숙박비: 무료
- 식사: 기름기 없는 건강식 제공
- 욕실: 수도 완비(아쉽지만 욕조는 없음)
- 난방: 완비
- 수납: 넉넉하게 수납할 수 있는 넓은 공간과 크고 멋진 금고가 두 개 있음
- 라디오: 런던, 뉴욕, 텔아비브 같은 방송국에서 직접 수신 가능한 사설 라디오 구비
  (저녁 6시부터 수신 가능. 단, 독일 관련 뉴스는 청취 및 유포 금지)

- 휴식 시간: 저녁 10시부터 다음날 아침 7시까지(일요일은 10시 15분까지)
  : 휴식 시간은 공공 안전을 위해 엄격하게 준수

- 휴가: 새로운 지침이 있을 때까지 무기한 연기
- 사용 언어: 독일어를 제외한 모든 언어 사용 가능
  : 작은 목소리로 말하는 것을 생활화할 것

- 운동: 매일 꾸준히 하기
- 노래: 저녁 6시 이후 아주 낮은 소리로 노래하는 경우에 한해서만 허용
- 영화: 특별히 요청이 있을 경우에 한해서만 상영
- 수업: 주1회 속기술 수업 진행(영어, 프랑스어, 수학, 역사 수업은 상시 진행)
- 식사 시간
  - 아침: 오전 9시(일요일과 공휴일은 오전 11시 30분)
  - 점심: 오후 1시 15분부터 1시 45분까지(시간이 정확한 편임)
  - 저녁: 뉴스가 끝난 뒤(시간이 정확하지 않은 편임)

- 목욕: 매주 일요일 오전 9시부터 주거인이라면 누구나 목욕통 사용 가능
- 알콜 음료: 의사의 처방이 있는 경우에 한해서만 허용

안녕, 키티.
뒤셀 씨는 아주 친절해. 모르는 사람과 방을 같이 쓰는 것이 마음에 들지는 않지만,
다른 사람들을 위한 작은 희생이라고 생각하고, 좋은 마음으로 같이 쓰기로 했어.
뒤셀 씨는 새로운 바깥 소식을 많이 전해 줬어.

매일 밤, 독일군들이 유대인들을 찾기 위해
집집마다 방문한대. 숨지 않는 이상,
독일군의 손에서 벗어날 수 없대.

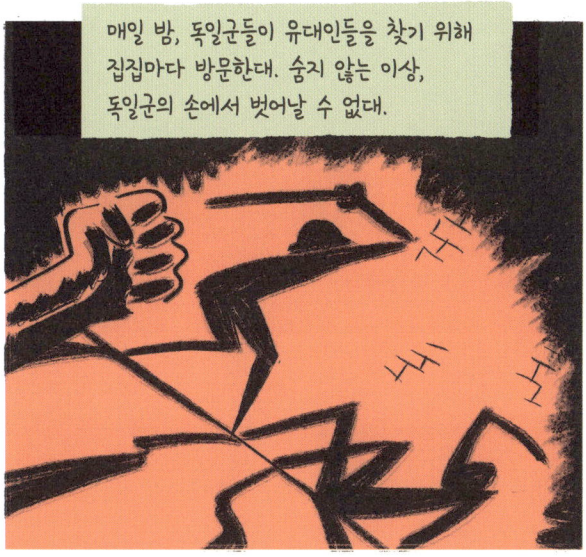

마치 사냥을 당하는 것 같아. 많은 친구들과 친척들이
아주 비참한 상황에 처해 있어. 그들에 비하면,
우리는 이곳에서 너무 편하게 지내는 것 같아!

종종 죄없는 사람들이 독일군의 위협을 받으며
어둠이 내린 거리를 진이 빠진 채
비틀비틀 걸어가는 것을 볼 때가 있어.

떠난 사람들을 떠올리는 일은 진짜 악몽이야.
누구나 죄책감이 들 거야!

나는 웃다가도 제 풀에 놀라 금세
웃음을 멈춰. 그런 내 자신이 부끄러워.
그렇다고 계속 울고 있을 수도 없어.

우리 같은 처지에서는 계속 우울하게 지내는 것도
전혀 도움이 되지 않거든.

하하!

걱정 마, 키티! 지금의 악몽도 곧 끝날 거야.
웃음이 기운을 북돋아 줄 것이라고 확신해.

프랑크푸르트에서 손님이 왔어. 아빠 회사의 새 배달 상품에 관해 이야기하러 온 거였어. 아빠는 준비를 많이 했지만, 회의 결과에 대해서는 불안해 했어.

나는 그들의 대화를 엿들었어. 회의하는 사무실이 엄마 아빠가 머무르는 방 바로 밑에 있어서 엿듣는 게 가능했지.
그들의 대화는 어찌나 지루하던지 나는 중간에 졸았어.
다행히 언니가 대화 내용을 다 들었대.

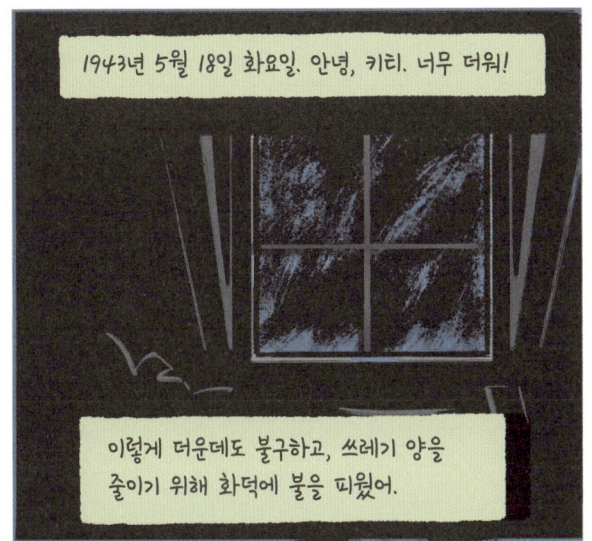

모든 사람이 싸우면서 지내는 이곳, 분위기 한번 참 좋군!

나는 나에게 억수로 쏟아지는 비난을 조금이라도 줄여 보려고 엄청나게 노력하는 중이야. 그럼에도 불구하고 그들에게 난 세상에서 제일 건방진 계집애일 뿐이야!

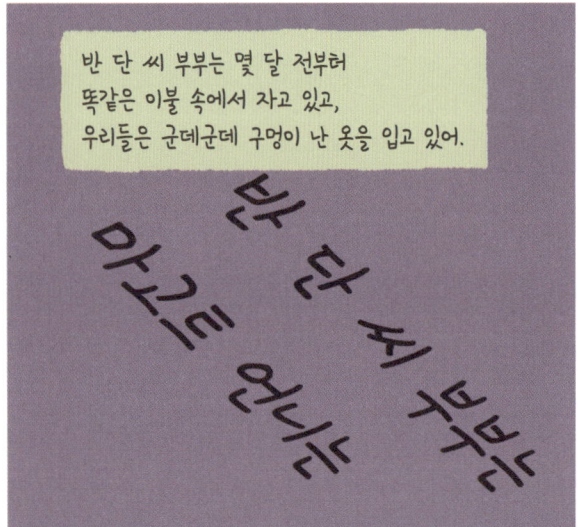

아빠는 내 이야기를 듣더니, 뒤셀 씨와 이야기해 본다고 했어.

두 사람의 대화는 한 시간이 넘게 이어졌어. 결국 뒤셀 씨가 내 요구를 받아들였어.

뒤셀 씨는 이틀 동안 나한테 한 마디도 하지 않았어.

* **무솔리니** 제1차 세계 대전 이후 파시스트당을 조직하고 독재 체재를 구축한 이탈리아의 정치가

1943년 8월 4일 수요일

은신처에서 숨어 지낸 지 일 년째야.

1943년 11월 17일 수요일

바깥 상황이 은신처에 있는 사람들을 자꾸 불안하게 만들어.

엘리가 디프테리아에 걸려서 은신처에 올 수 없게 됐어.

쿠푸이스 씨도 여전히 아파. 더 이상 먹을 것을 공급받을 수도 없게 됐어. 있는 거라곤 우유와 끔찍한 스프뿐이야.

그나마 다행인 것은 공부를 계속할 수 있다는 거야. 아빠가 성경을 구해 줘서 드디어 신약 성서를 읽을 수 있어.

그리고 마고트 언니는 우편으로 라틴어 수업을 듣고 있어.

물론 언니는 편지를 쓸 때 가명을 써.

요즘 나는 매일 밤 춤을 연습해.

미프 반 산텐

엘리 보센

클라러

쿠푸이스

우리 모두 회사 사람들 중 한 명이 도둑이라고 생각하고 있어. 게다가 반 단 씨는 누가 도둑인지 알고 있고, 우리에게 도둑의 정체를 털어놓을 수도 있대. 하지만 그들 중에 도둑이 있다고 하더라도 우리는 그들을 비난할 수 없다고 생각해. 그들이 없다면 우리는 이곳에서 숨어 지낼 수 없을 테니 말이야. 그들은 엄청난 위험을 감수하면서도, 결코 우리가 짐스럽다고 불평하지 않으니까 말이야.

헹크 반 산텐

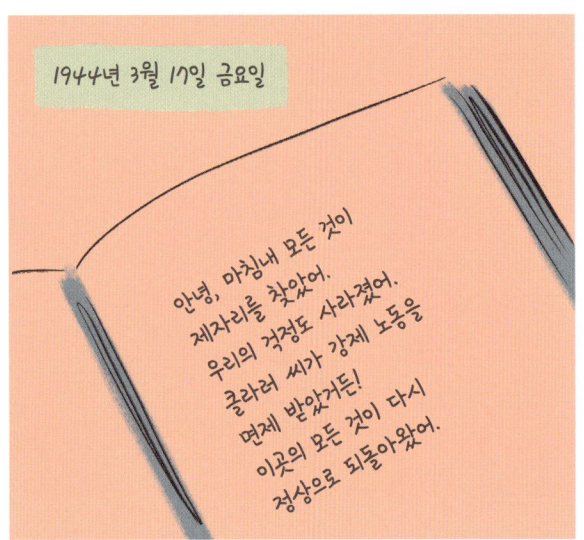

1944년 3월 17일 금요일

안녕, 마침내 모든 것이 제자리를 찾았어. 우리의 걱정도 사라졌어. 클라러 씨가 강제 노동을 면제 받았거든! 이곳의 모든 것이 다시 정상으로 되돌아왔어.

모두 평정을 되찾았어. 언니와 내가 부모님 때문에 조금 피곤해지고 있다는 것만 빼면 말이야.

엄마 아빠는 언니와 나를 여전히 어린애 취급해. 사사건건 간섭을 하거든. 사실 은신처에서의 생활은 돋보기로 들여다보듯 훤히 보여서 부모님 눈을 피해 움직이는 건 불가능해.

물론 다른 사람의 시선을 피해 움직이는 것도 불가능하지. 아무튼 우리도 가끔은 독립적으로 생활해 보고 싶어 한다는 걸 부모님이 알아 주면 진짜 좋을 것 같아.

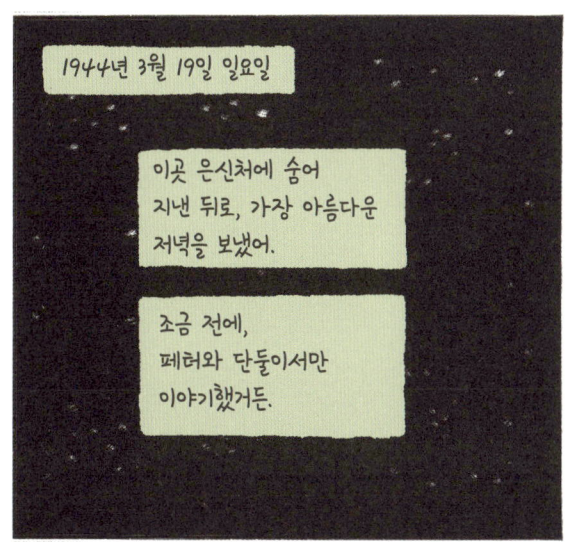

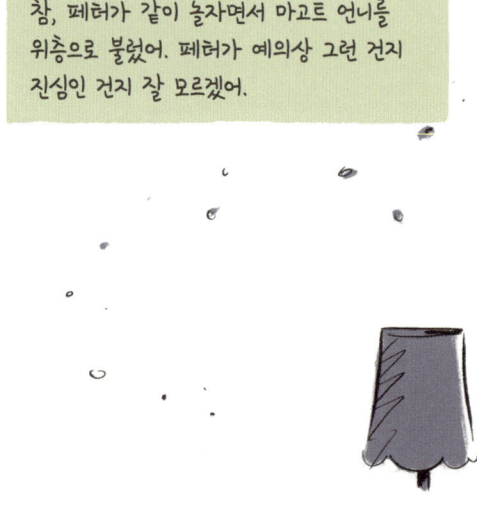

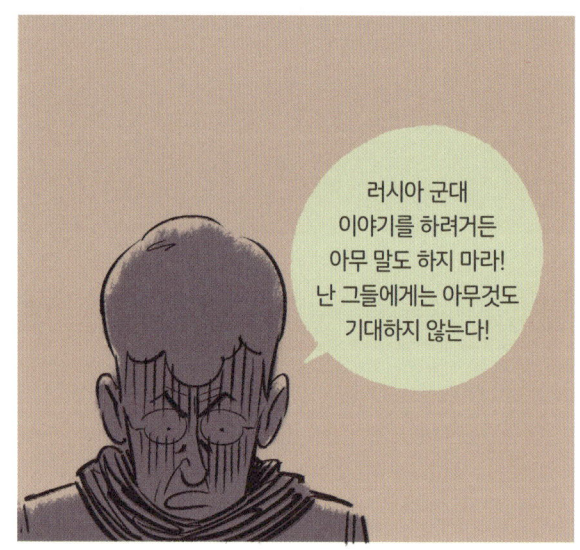

당시 우리는 무슨 일이 벌어지고 있는지 몰랐어. 나중에 아빠가 말해 줘서 문에 판자를 덧대고 있었다는 걸 알았어.

그런데 문 밖에 있던 두 사람이 인기척을 느꼈는지 페터와 아빠 쪽으로 왔어.

두 사람은 손전등으로 안을 비춰 보더니 수상하다고 생각했는지 경찰에 신고를 했어.

페터와 아빠는 서둘러 우리에게 와서 제일 위층으로 올라가라고 했어.

곧 경찰이 건물 안으로 들이닥쳐서 곳곳을 뒤졌어. 정말 끔찍했어.

경찰은 은신처의 입구를 막고 있는 책장까지 움직였어.

1944년 4월 16일 일요일

페터와 키스한 이 날을 평생 잊지 못할 거야.

1944년 5월 2일 화요일

도둑이 든 뒤로 규칙을 새로 만들었는데, 뒤셀 씨는 이게 마음에 들지 않나 봐. 뒤셀 씨는 반 단 씨가 자기에게 시비를 건다고 생각하는 것 같아.

"안네, 이야기 좀 할까?"

"네?"

"안네, 아빠는 네가 페터와 거리를 두었으면 한다.

페터를 보러 위층에 너무 자주 가는 것 같아.

여기 갇혀 있다 보면 사리분별이 좀 안 될 수도 있는데….

아빠가 보기에 너희 둘은 너무 빨리 가까워진 것 같구나. 그리고 넌 너희 관계를 너무 진지하게 생각하고 있고.

페터가 아무리 좋은 청년이더라도 그와 너무 가까이 지내지 않았으면 한다."

"그렇지만 아빠…."

"안네, 아빠는 남자들이 어떤지 알아. 네가 좀 더 신중했으면 좋겠구나."

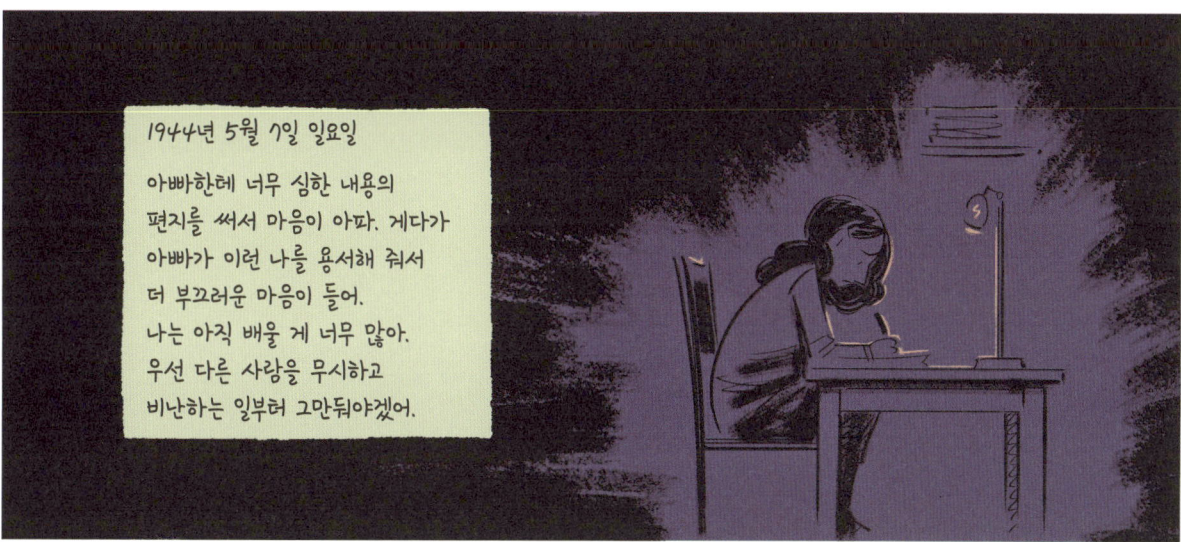

1944년 5월 13일 토요일
뒤뜰에 있는 마로니에 나무에 꽃이 활짝 피었어.
정말 예뻐!

어제는 아빠 생일이었어. 우리는 멋진 시간을 보냈어.
아주 아름다운 날이었어.

반면 나는 요즘 읽은 책들의 내용을 정리하느라 정신없이 바빠.
갈릴레이, 찰스 퀸트, 레제, 오르페, 이아손, 헤라클레스에 대한
이야기를 정리하느라 말이야.

1944년 5월 25일 목요일

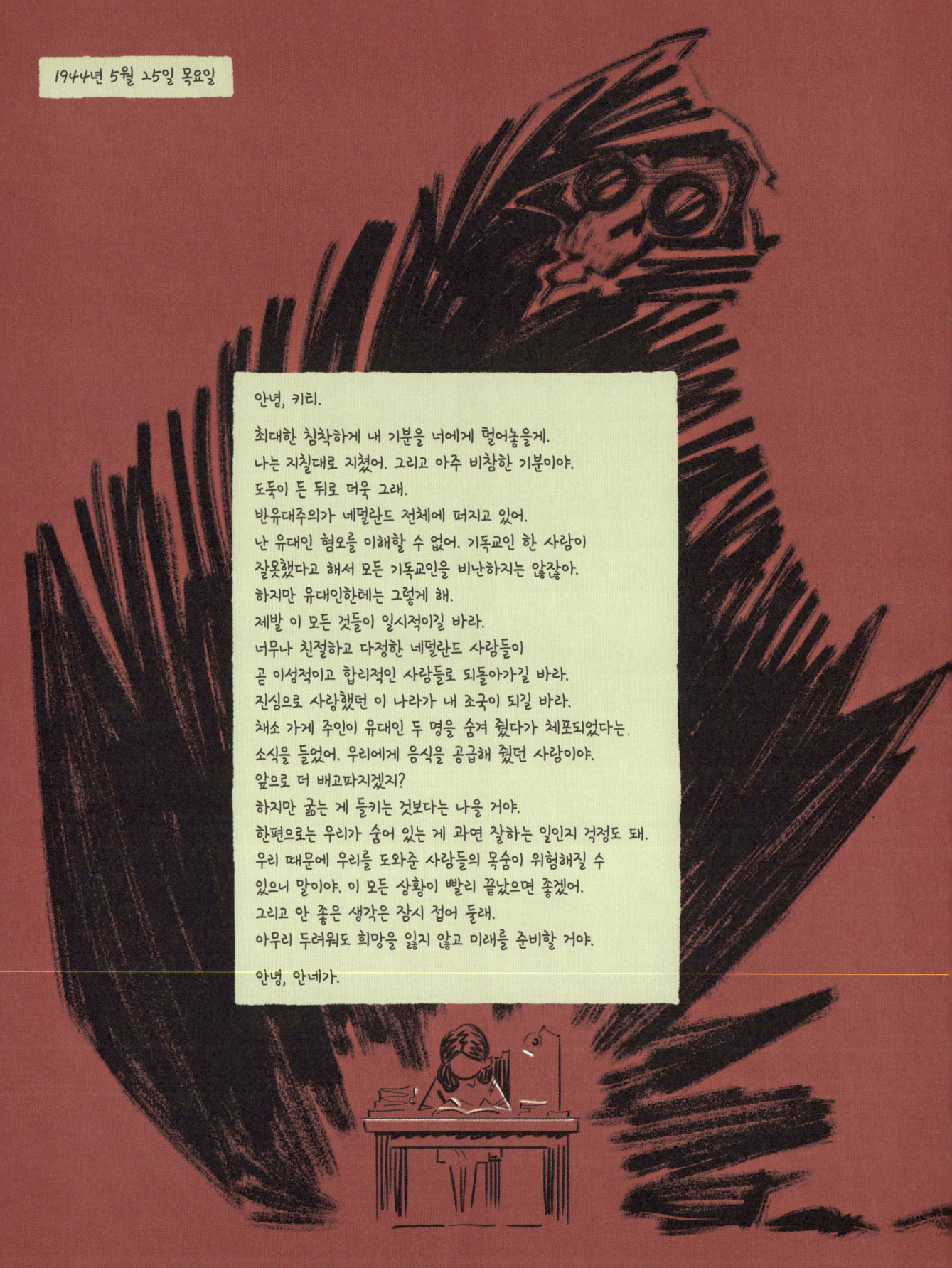

안녕, 키티.
최대한 침착하게 내 기분을 너에게 털어놓을게.
나는 지칠대로 지쳤어. 그리고 아주 비참한 기분이야.
도둑이 든 뒤로 더욱 그래.
반유대주의가 네덜란드 전체에 퍼지고 있어.
난 유대인 혐오를 이해할 수 없어. 기독교인 한 사람이
잘못했다고 해서 모든 기독교인을 비난하지는 않잖아.
하지만 유대인한테는 그렇게 해.
제발 이 모든 것들이 일시적이길 바라.
너무나 친절하고 다정한 네덜란드 사람들이
곧 이성적이고 합리적인 사람들로 되돌아가길 바라.
진심으로 사랑했던 이 나라가 내 조국이 되길 바라.
채소 가게 주인이 유대인 두 명을 숨겨 줬다가 체포되었다는
소식을 들었어. 우리에게 음식을 공급해 줬던 사람이야.
앞으로 더 배고파지겠지?
하지만 굶는 게 들키는 것보다는 나을 거야.
한편으로는 우리가 숨어 있는 게 과연 잘하는 일인지 걱정도 돼.
우리 때문에 우리를 도와준 사람들의 목숨이 위험해질 수
있으니 말이야. 이 모든 상황이 빨리 끝났으면 좋겠어.
그리고 안 좋은 생각은 잠시 접어 둘래.
아무리 두려워도 희망을 잃지 않고 미래를 준비할 거야.

안녕, 안네가.

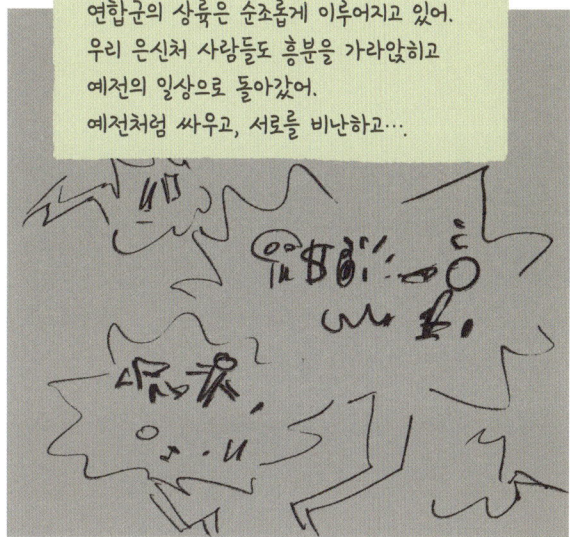

1944년 8월 4일 금요일

일기에 없는 이야기...

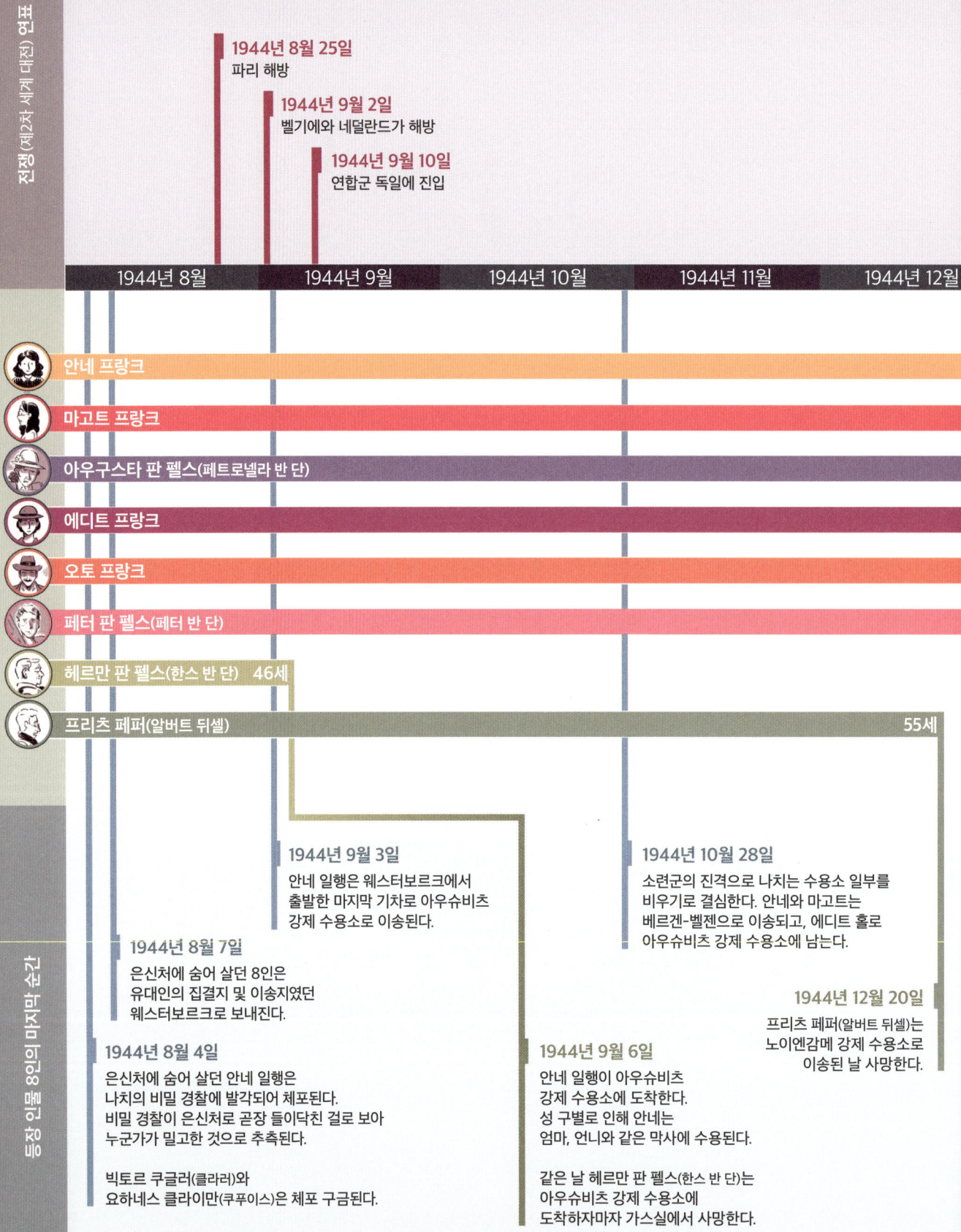

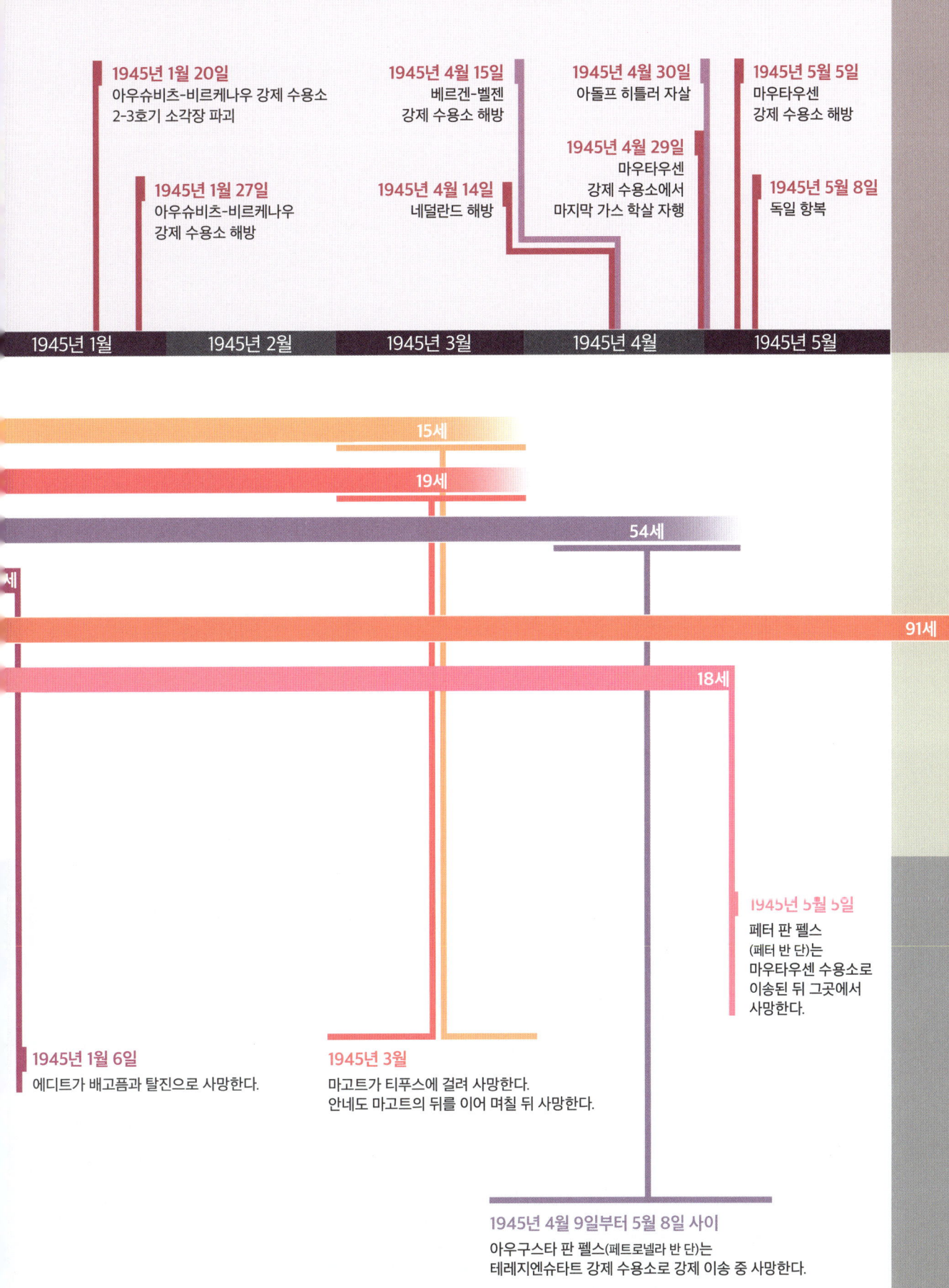

미프 기스는 1944년 8월 4일에 체포되지 않았다. 왜 그랬을까? 아마 추악한 일을 한 비밀경찰 칼 실버바우어처럼 그녀가 오스트리아인이었기 때문일 것이다. 안네의 일기는 그녀와 베프 포스쿠질 덕분에 보전될 수 있었다. 친구들이 체포된 뒤 은신처에 간 미프는 안네의 글들을 발견하고 이를 소중하게 간직한다.

오토 프랑크는 유일한 생존자다. 그는 아우슈비츠 강제 수용소에서 풀려난 뒤 암스테르담으로 돌아오다가 아내 에디트의 죽음을 알게 된다. 오토는 도착하자마자, 두 딸을 찾기 위해 그가 할 수 있는 모든 일을 한다.
1945년 7월 18일, 그는 안네와 마고트의 죽음을 목격한 여자를 만난다. 소식을 접한 미프는 세상을 떠난 소녀의 희망을 전하기 위해 오토에게 딸의 원고(그리고 안네가 창작한 몇 편의 글)를 준다. 오토는 겨우 한 달이 지나서야 용기를 내어 안네의 글을 읽는다. 그는 딸의 글을 통해 2년 동안 숨어 지낸 슬픈 기억들을 떠올리게 된다. 그렇지만 한편으로 딸이 쓴 글의 깊이에 놀란다. 오토 프랑크는 안네가 전쟁이 끝난 뒤, 은신의 증거로 일기 출간을 염두에 두었다는 것을 알게 된다. 그는 딸의 소원을 이루어 주기로 결심한다. 일기는 두 가지 버전이 있는데, 하나는 그날그날 적은 원본 일기이고 또 다른 하나는 안네가 다시 읽으면서 내용을 추가하고 수정한 일기이다. 오토는 두 원고를 모두 타자기로 치고 출간하고자 했으나 적당한 출판사를 찾기가 쉽지 않았다.
그러다가 1946년 4월 3일, 원고를 본 한 역사가가 찬사가 가득한 기사를 썼고, 기사를 본 몇몇 출판사가 관심을 보이기 시작했다. 1947년 6월 25일 안네 프랑크의 일기는 지나치게 '사적'인 내용들은 모두 삭제된 채 콘탁트 출판사에서 『은신처: 1942년 6월 14일부터 1944년 8월 1일까지의 기록』이라는 제목으로 초판이 출간된다. 몇몇 사람들이 수차례에 걸쳐 일기의 진정성에 대해 의문을 제기했지만, 안네 프랑크 재단에서는 사람들이 악의를 가지고 의문을 제기한 것이라고 반박했다. 1986년 네덜란드 국립 전쟁문헌연구소에서는 안네의 일기에 대한 비평서를 발간한다. 이 비평서에는 안네가 쓴 여러 가지 버전의 일기 모음, 주석, 프랑크 가족에 관한 설명, 관련 역사 정보, 일기에 관한 해설들이 들어 있다. 초판에서 삭제된 내용을 포함한 책이 2001년에 출간되는데, 이것이 오늘날 『안네 프랑크의 일기』로 알려진 책이다. 안네의 일기를 그래픽 노블로 재탄생시킨 이 책은 바로 1947년에 출간된 초판본을 바탕으로 각색한 것이다.

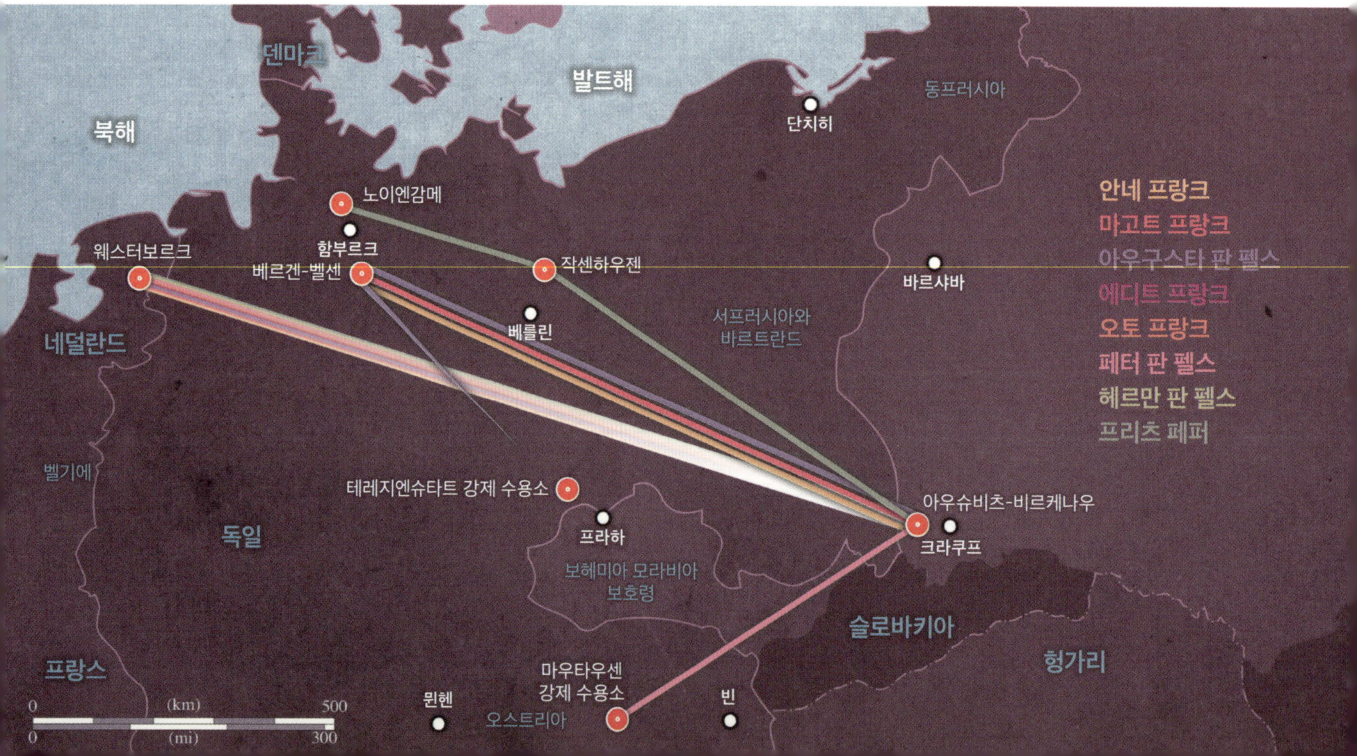

준비 작업

두 가지 버전으로
작업한 첫 페이지

생존자

요 클레이만은 적십자의 도움을 받아 네덜란드 아메르스포르트 강제 수용소에서 풀려난다. 1959년 1월 28일에 사망한다.

빅토르 쿠글러도 아메르스포르트 강제 수용소에 수용된다. 행진 중에 도망치는 데 성공하여, 전쟁이 끝날 때까지 숨어 지낸다. 1955년에 캐나다로 이주하여 1981년 12월 14일에 토론토에서 사망한다.

미프 기스는 1987년에 『그녀 이름은 안네 프랑크』라는 책을 썼다. 2010년 1월 11일 100세의 나이로 사망한다. 그녀의 남편 얀 기스는 1993년에 사망한다.

베프 포스쿠질은 1983년 5월 6일에 암스테르담에서 사망한다.

오토 프랑크는 1952년 스위스에 정착한다. 1960년에 '안네 프랑크의 집' 개막식에 참석하고, 1980년 8월 19일에 91세의 나이로 사망한다.

이름

첫 번째 버전의 일기에서 안네는 몇 명의 이름을 바꿔 썼다. 그들의 진짜 이름은 다음과 같다.

쿠푸이스: 요하네스 클레이만
클라러: 빅토르 쿠글러
미프 그리고 헹크 반 산텐: 미프 그리고 얀 기스
엘리 보센: 베프 포스쿠질
한스 반 단: 헤르만 판 펠스
페트로넬라 반 단: 아우구스타 판 펠스
페터 반 단: 페터 판 펠스
알버트 뒤셀: 프리츠 페퍼

글 오자낭
시각 커뮤니케이션을 공부하고 브뤼셀과 릴에서 영화와 뮤직비디오를 제작했다.
1999년 첫 작품 호텔 『느와르』를 출간했고, 2004년부터 본격적으로 만화 시나리오 작업에 전념했다.
작품으로는 『개기 일식』 『메마른 영혼』 『극도로』 등이 있다.

그림 나지
멀티미디어 비주얼 커뮤니케이션과 애니메이션을 공부했다.
지금은 그래픽 노블 작가로 활동 중이다.

옮김 김영신
프랑스 캉 대학에서 불문학 석사를 받았고, 불언어학 D.E.A 과정을 수료했다.
현재 도서 기획자이자 전문 번역가로 활동 중이다.
옮긴 책으로는 『까까똥꼬』 『늑대다!』 『슈퍼토끼』 『아기똥꼬』 등의 시몽 시리즈와
『아빠는 항상 너를 사랑한단다』 『한 권으로 보는 어린이 인류 문명사』 등이 있다.

안네 프랑크의 일기
1942년 6월 12일부터 1944년 8월 1일까지의 기록

초판 1쇄 발행 2017년 6월 30일 **초판 4쇄 발행** 2022년 4월 30일

글 오자낭 **그림** 나지 **옮김** 김영신
펴낸이 이승현

편집3 본부장 최순영
어린이 문학 팀장 박현숙 **편집** 김민정
키즈 디자인 팀장 이수현 **디자인** 이나혜

펴낸곳 ㈜위즈덤하우스 **출판등록** 2000년 5월 23일 제13-1071호
주소 서울특별시 마포구 양화로 19 합정오피스빌딩 17층
전화 02) 2179-5600 **내용문의** 02) 2179-5707
홈페이지 www.wisdomhouse.co.kr **전자우편** kids@wisdomhouse.co.kr
ISBN 978-89-6247-846-4

* 이 책의 전부 또는 일부 내용을 재사용하려면 반드시 사전에 저작권자와
  ㈜위즈덤하우스의 동의를 받아야 합니다.
* 스콜라는 ㈜위즈덤하우스의 아동·청소년 브랜드입니다.
* 인쇄·제작 및 유통상의 파본 도서는 구입하신 서점에서 바꿔드립니다.
* 책값은 뒤표지에 있습니다.